Young Amy

Young Animal Pride Series
Book 15

Cataloging-in-Publication Data

Sargent, Dave, 1941–
   Young amy / by Dave and Pat Sargent ;
illustrated by Elaine Woodword.—Prairie Grove, AR :
Ozark Publishing, c2005.
      p. cm. (Young animal pride series ; 15)

    "Pay attention"—Cover.
    SUMMARY: Amy gets lost while
she's practicing eating grasshoppers. She
meets a bobcat, also lost. Billy Beaver
gets them back to their mamas.
    ISBN 1-56763-891-0 (hc)
          1-56763-892-9 (pbk)

    1. Armadillos—Juvenile fiction.
[1. Armadillos—Fiction.] I. Sargent, Pat, 1936–
II. Woodword, Elaine, 1956– ill. III. Title.
IV. Series.

    PZ10.3.S243Am 2005
    [Fic]—dc21   2004093001

Printed in the United States of America

Young Amy

Young Animal Pride Series
Book 15

by Dave and Pat Sargent

Illustrated by Elaine Woodword

Ozark Publishing, Inc.
P.O. Box 228
Prairie Grove, AR 72753

Dave and Pat Sargent, authors of the extremely popular Animal Pride Series, visit schools all over the United States, free of charge. If you would like to have Dave and Pat visit your school, please ask your librarian to call 1-800-321-5671.

Foreword

While Amy Armadillo is practicing how to catch grasshoppers, she gets lost. Amy meets a bobcat who's lost, too. After scary adventures, a beaver friend helps them find their mamas.

My name is Amy.

I am an armadillo.

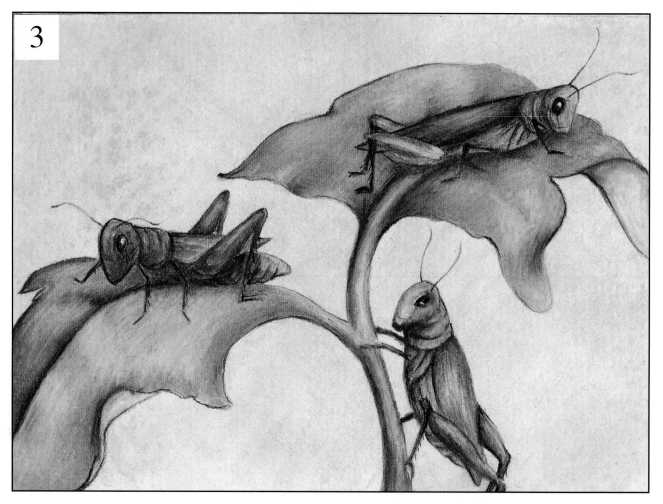

I catch grasshoppers.

I use my tongue!

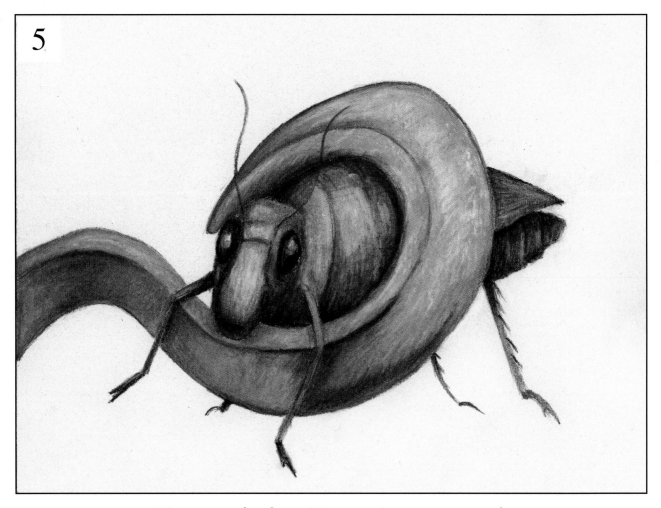

Look! I got one!

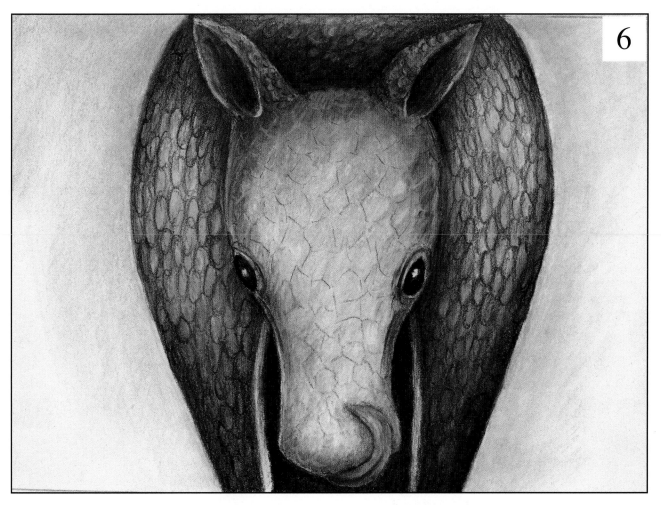

It is good!

I am lost!

Mama! Where are you?

I see Bob.

Bob is lost, too.

We can play.

We play on a log.

The log floats away.

We are scared.

We go down the rapids.

We hit Billy's lodge.

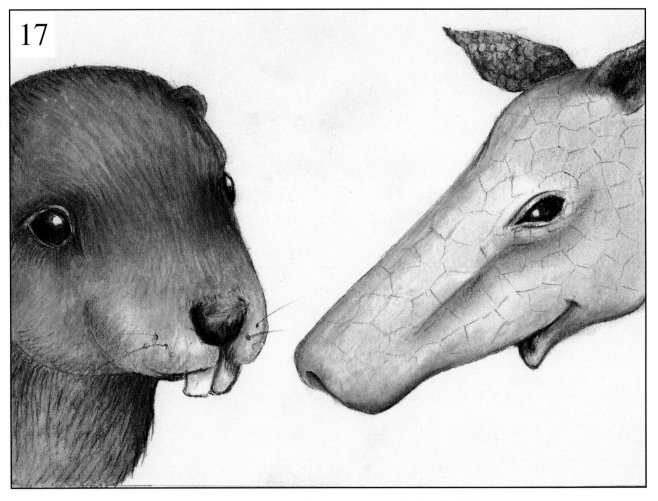

We are lost, Billy.

Billy Beaver helps us.

Billy finds our mamas.

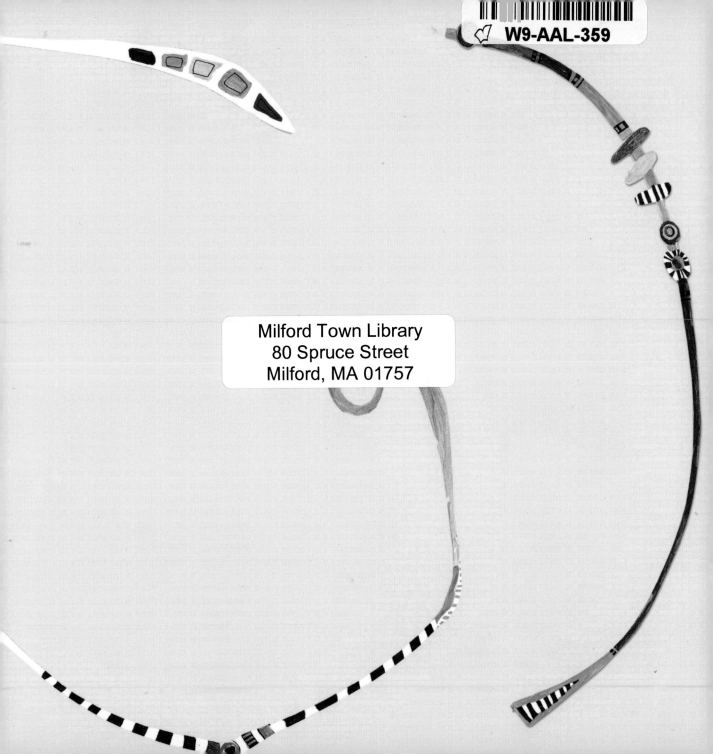

Ilustraciones: Florencia Cafferata
Diseño gráfico: Mari Salinas
Diseño de cubierta: Natalia Rodríguez / Equipo Todolibro

© TODOLIBRO EDICIONES, S.A.
C/ Campezo, 13 - 28022 Madrid
Teléfono: 91 3009115
Fax: 91 3009110
www.todolibro.es

Chistes
para niños y niñas

Era tan tontín,
tan tontín,
que le llamaban campana.

Era una señora tan gorda,
tan gorda, que se hizo un
vestido de flores y se acabó
la primavera.

6

Era una vaca tan flaca,
tan flaca, que en
vez de dar leche,
daba lástima.

Era una casa tan pequeña,
tan pequeña, que cuando
entraba el sol tenían que
salirse todos.

Era tan delgada, tan
delgada, que para
hacer sombra tenía
que pasar dos veces.

7

Era tan alegre, tan alegre,
que nunca comprendió
la ley de la gravedad.

Era un hombre tan borracho,
tan borracho, que para
separarlo de la botella tenían
que usar sacacorchos.

Si le cuentas algo
a un hombre,
le entra por un oído
y le sale
por el otro.
Si le cuentas algo
a una mujer,
le entra por los dos oídos
y le sale por la boca.

Tenía la cara tan
ancha, tan ancha, que
con un ojo veía el Sol y
con el otro la Luna.

9

Un jinete avanza al galope por la pradera
seguido de su fiel perro. De pronto, el caballo
dice:

—¿Podríamos ir un poco más despacio?

—¡Caramba! —exclama sorprendido el jinete—.
¡Es la primera vez que oigo hablar a un caballo!

—¡Anda, y yo! —contesta el perro.

10

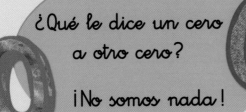

¿Qué le dice un cero a otro cero?

¡No somos nada!

¿Qué le dice el 1 al 10?

¡Para ser como yo, debes ser sincero!

¿Qué es lo que se necesita entero aunque sobre?

¡El sobre!

¿Qué es lo primero que necesita un camión para poder arrancar?

¡Estar parado!

Querida, no estés tan preocupada, ¿no ves que este año están de moda las carteras de piel de serpiente?

¿Qué hace tu papá?

Nada.

Un pececito le pregunta a otro pececito:

Era un cartero tan lento, tan lento, que cuando entregaba las cartas eran ya documentos históricos.

Era tan baja, tan baja, que se ponía enferma para que el médico le diera de «alta».

13

Un poli se dirige a un borracho que está montando en su coche.

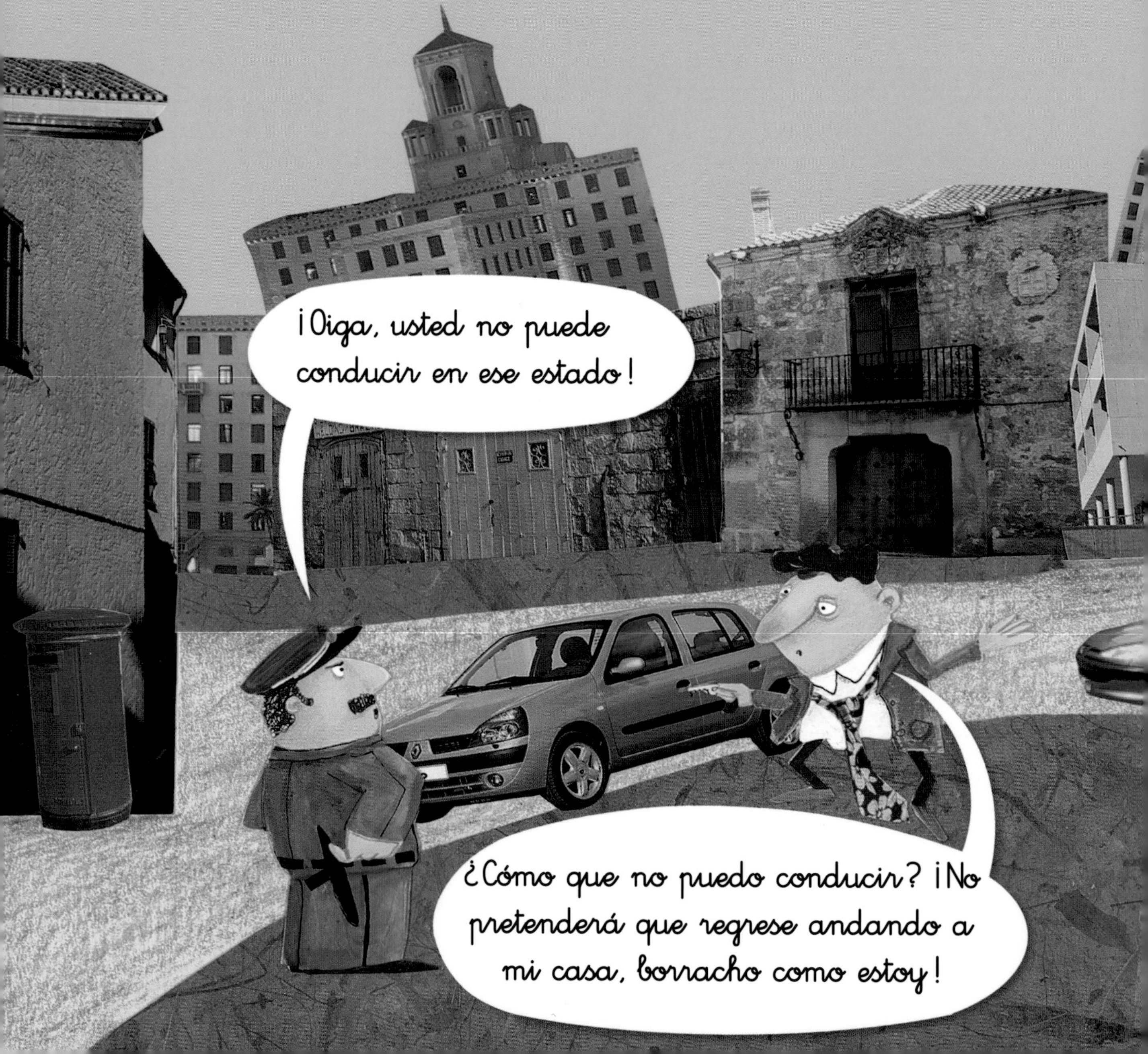

Dos borrachos discuten:
—Eso es el Sol.
—No, es la Luna.
Pasa otro borracho y le preguntan a él:
—No lo sé —responde—, yo no vivo en este barrio.

Era tan alto, tan alto, que
para mirarlo de la cabeza
a los pies había que
descansar en el ombligo.

Era tan gorda,
tan gorda, que
cuando se caía
de la cama lo
hacía por los dos
lados a la vez.

16

Era tan calvo, tan calvo,
que se cayó de espaldas y se
golpeó en la frente.

Tenía la boca tan
pequeña, tan
pequeña, que para
decir «tres» tenía
que decir «uno,
uno, uno».

Era tan delgada, tan
delgada, que se tragó
una aceituna
y parecía que estaba
embarazada.

17

Oye, ¿por qué te llamas Perro Lobo?
Porque mi madre es una loba y mi padre un perro. Y tú, ¿cómo te llamas?
Oso Hormiguero.
¡¡Venga ya!!

¿Qué es lo primero que hace un gato cuando se cae al agua?

¡Se moja!

¿Qué diferencia hay entre una pulga y un elefante?
Que el elefante puede tener pulgas, pero las pulgas no pueden tener elefantes.
Ahí va mi novio: es piloto.

¿Qué animal es
doblemente animal?

¡El gato, porque es gato y
araña!

24

¿Qué se necesita para que cinco personas con un solo paraguas no se mojen?

¡Que no llueva!

¿Cómo entran cuatro elefantes en un coche?

¡Dos delante y dos atrás!

25

Aquella adivina era tan buena
que, además del pasado y el
futuro, adivinaba
el condicional y
el pluscuamperfecto
de subjuntivo.

Era un bebé tan feo, tan feo, que su madre en lugar de darle el pecho le daba la espalda.

—¿Le gustan los toros?
—Sí, mucho.
—Pues tiene usted el mismo gusto que las vacas.

¡Camarero, he encontrado un pelo en la taza y no es mío!
Démelo, por favor. Lo guardaremos por si viene alguien a reclamarlo.

¡Camarero, camarero!
¡¡Un ratón en la sopa!!
Pero señora, no se ponga nerviosa, ¿no ve que está muerto?